LE

TESTAMENT OLOGRAPHE

SELON LE THALMUD

OBSERVATIONS DU Dr RABBINOWICZ

CONCERNANT

le Testament du Caïd Nissim Samama

PARIS

Société d'Imprimerie et Librairie administratives et des Chemins de fer

Paul DUPONT, Éditeur

41, RUE JEAN-JACQUES-ROUSSEAU, 41

1884

LE
TESTAMENT OLOGRAPHE

SELON LE THALMUD

OBSERVATIONS DU Dr RABBINOWICZ

CONCERNANT

le Testament du Caïd Nissim Samama.

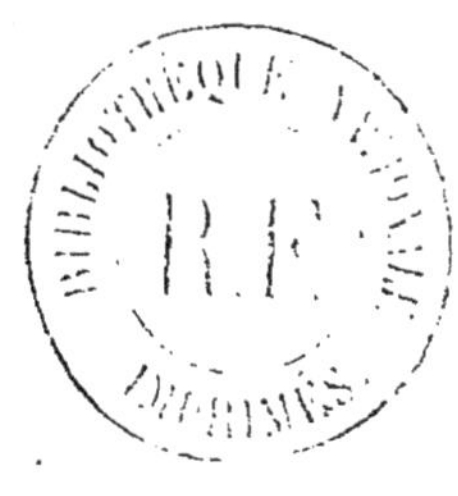

PARIS

Société d'Imprimerie et Librairie administratives et des Chemins de fer

Paul DUPONT, Éditeur

41, RUE JEAN-JACQUES-ROUSSEAU, 41

—

1884

OBSERVATIONS

du Dr RABBINOWICZ

Concernant le testament du Caïd Nissim Samama.

Nous avons à examiner les questions suivantes :

1re Question. — Quelle est l'autorité du *Sulchan aruch* du rabbin Caro, de Maïmonide et d'autres rabbins post-thalmudiques ?

2e Question. — La validité des testaments dépend elle de l'état de santé du testateur ?

3e Question. — La liberté de tester, et quelles sont ses limites ?

4e Question. — La différence entre les immeubles et les meubles par rapport aux héritages.

5e Question. — Un testament olographe est-il valable malgré le défaut de publicité et de consignation ?

6e Question. — Réfutation des observations de M. Castelli.

PREMIÈRE QUESTION.

Le Code civil des juifs est uniquement le Thalmud. Donc les rabbins et les docteurs qui sont venus après l'époque thalmudique, comme Maïmonide, le rabbin Caro, l'auteur de *Sulchan aruch*, etc., n'ont d'autorité que comme interprètes du Thalmud. On les invoque dans la supposition qu'ils ont bien interprété les paroles du Thalmud, mais on rejette leurs opinions s'il est prouvé qu'ils ont mal compris les paroles thalmudiques.

Les lois bibliques ont été modifiées profondément, à cause des transformations politiques et sociales de la nation. Citons des exemples :

La loi biblique avait décrété la rémission de toutes les dettes à la fin de la *schmitah*, la septième année, dans laquelle les cultivateurs, n'ayant pas de récoltes, ne peuvent pas acquitter leurs dettes.

Mais cette loi pouvait avoir des inconvénients : les riches ne voudraient plus prêter de l'argent. C'est pourquoi Moïse dit :

« Garde-toi qu'une pensée ignoble ne surgisse
« en ton cœur, cette pensée que la septième année,
« l'année de la rémission, approche, et que, sans
« pitié pour ton frère nécessiteux, tu ne refuses de
« lui faire le prêt, car il se plaindrait de toi au
« Seigneur, et tu seras un pécheur. Tu lui préteras

« donc, et l'Éternel te bénira. » (*Deutéronome,*
XV, 9 et 10.)

Cependant, à l'époque thalmudique, les circonstances étaient tellement changées, que l'abolition
complète de la loi de rémission des dettes est devenue
une nécessité absolue. On ne pouvait pas cependant
abolir une loi de Moïse. Le célèbre Hillel a donc
cherché un moyen de détourner cette loi. Il introduit
l'usage que tout créancier signe au tribunal un acte
par lequel il remet ses dettes à ce tribunal, qui se
chargerait du recouvrement de ses dettes. Cet acte
s'appelait *prusboul;* alors les dettes pouvaient être
réclamées.

La loi du talion : « Œil pour œil, dent pour dent »,
fut remplacée par une peine pécuniaire, sans que le
Thalmud déclarât la loi mosaïque abolie ; il lui donna
un sens conforme aux idées de l'époque.

Je pourrais multiplier les exemples, mais j'abrège,
et j'arrive aux lois de succession .

On lit dans la Bible :

« Si un homme meurt sans laisser de fils, vous
« ferez passer son héritage à sa fille ; s'il n'a pas de
« fille, vous donnerez son héritage à ses frères. »
(*Nombres,* XXVII, 8 et 9.)

La Bible ne parle pas du père du défunt. D'après
le Thalmud, le père a la priorité sur les frères du
défunt. La Bible ne parle pas non plus des enfants
des fils défunts. D'après le Thalmud, ces enfants ont
la priorité sur la sœur du défunt.

La Bible dit :

« Si le défunt n'a pas laissé de frères, vous donnerez
« son héritage au frère de son père. » (*Ibidem*, 10.)

D'après la loi thalmudique, si le défunt n'a pas
laissé de frères, on donne l'héritage d'abord aux
sœurs du défunt, qui ont la priorité sur les frères de
son père.

Comment le Thamuld est-il arrivé à faire ces
modifications aux lois bibliques ? En établissant
deux principes nouveaux qui sont :

a) Le père du défunt a la priorité sur tous ses des-
cendants à l'exception des enfants du défunt.

b) Si un individu a la priorité sur un autre, les
enfants du premier héritent de cette priorité sur
l'autre ; exemple Jacob est mort et il a laissé une fille
Dinah et la fille de son fils Joseph qui est mort avant
lui. Comme Joseph aurait eu en vivant la priorité sur
sa sœur Dinah, la fille de Joseph a également la
priorité sur Dinah. Ceci semble contraire à l'esprit et
à la lettre de la loi mosaïque qui ne parle que des
héritiers, et non des héritières, à l'exception des filles
du défunt. Et en effet, dans notre cas, les *Saducéens*,
adorateurs inflexibles de la lettre, voulaient que
Dinah, fille du défunt Jacob, héritât comme la fille de
son fils Joseph. (Traité *Baba bathra*, fol. 115.) Si
Dinah était morte sans enfants, c'est Esaü, le frère
du défunt Jacob, qui devrait hériter selon la lettre de
la Bible, et la fille de Joseph n'aurait rien. Mais le
Thalmud établit la règle nouvelle d'après laquelle la

fille de Joseph, quoique femme, doit avoir la priorité sur un homme, le frère de Jacob.

Nous examinerons tout à l'heure la loi sur la liberté de tester selon la Bible et selon le Thalmud.

Je crois avoir assez dit pour prouver qu'on ne peut pas invoquer la parole de la Bible quand il s'agit d'une loi thalmudique, seule applicable et appliquée depuis l'époque du Thalmud jusqu'à nos jours. Aucune autorité en Israël n'a jamais pu changer ou modifier une loi thalmudique. Les changements politiques, sociaux et moraux qui se sont opérés parmi les Juifs après l'époque thalmudique, n'avaient pas l'importance de ceux qui rendaient cette époque si différente de celle de Moïse. D'autre part, il n'y avait pas après le Thalmud d'autorité qui pût se permettre et faire accepter par la nation entière des changements notables dans la loi thalmudique, comme les docteurs du Thalmud ont modifié les lois de Moïse. Ainsi, je le répète, tous les rabbins et les docteurs depuis la rédaction définitive du Thalmud aux v° et vi° siècles n'ont eu que l'autorité *d'interprètes* des paroles du Thalmud.

C'est ainsi que Maïmonide, une des plus grandes autorités post-thalmudiques du xii° siècle, ayant rédigé un code complet des lois thalmudiques, Rabbi Abraham, fils de David, a rejeté un grand nombre de ces lois en prouvant qu'elles ne sont pas conformes aux paroles thalmudiques, Maïmonide s'étant trompé dans leur interprétations. Plus tard le rabbin Caro ayant rédigé son *Schulchan aruch* comme code

civil nouveau, et toujours comme interprète du Thalmud, Rabbi Moïse Ysserles le réfute presque dans
chaque paragraphe, n'admettant pas l'interprétation
thalmudique de Caro. Le rabbi Moïse Ysserles est
lui-même attaqué souvent par ses successeurs et
ainsi de suite, et toutes ces discussions roulent sur
l'interprétation des paroles du Thalmud, *de sorte
qu'il n'y a que le Thalmud qui possède la véritable autorité législative.* Si donc on parvient à
prouver que Maïmonide, le *Schulchan aruch* du rabbin Caro, et d'autres rabbins du moyen âge et du temps
moderne se sont tous trompés dans l'interprétation
des paroles du Thalmud, on doit rejeter leurs opinions, et accepter l'interprétation thalmudique qui
paraît être la plus exacte et la plus conforme à l'esprit du Thalmud.

Il en résulte que le juge qui s'appuie sur l'opinion
de Maïmonide, du *Schulchan aruch* du rabbin
Caro, etc., s'expose toujours à ce qu'on lui montre
un passage du Thalmud qui est contraire à cette
opinion; tandis que celui qui s'appuie sur le Thalmud
lui-même n'a aucune contradiction à craindre de la
part des rabbins postérieurs à la rédaction de ce
Thalmud.

2ᵉ QUESTION.

LA VALIDITÉ DES TESTAMENTS DÉPEND-ELLE DE L'ÉTAT DE SANTÉ DU TESTATEUR ?

Le Thalmud a quatre expressions pour les testaments, savoir :

Mitzvah lekayem dibré hameth, on doit exécuter les paroles du défunt ;

Metzaveh machmath mithah, il ordonne en vue de la mort.

Diathéké, mot grec qui veut dire testament.

Enfin, la quatrième expression *Mathanath sekib mera*, le don d'un malade.

a) Voyons d'abord la première expression *mitzvah lekayem dibré hameth*, « on doit exécuter les paroles du défunt. » Dans quels cas le Thalmud emploie-t-il cette expression ?

1) On lit dans le traité *Khethuboth :* « Si un in-
« dividu dit : donnez à mes fils un sicle (2 denars)
« par semaine, et s'il a ajouté *à la mort de mes fils*
« *des étrangers hériteront d'eux*, on ne leur donne
« que 2 denars, quoiqu'ils aient besoin de 4 denars
« par semaine pour vivre, car rabbi Mayer a dit :
« *Mitzvah lekayem dibré hameth*, on doit réaliser
« les paroles d'un défunt. »

Le célèbre commentateur Rachi ajoute : « Les
« biens du défunt sont sa propriété, et les fils ne
« peuvent en prendre plus que le testament ne leur
« accorde. Le Thalmud dit qu'on adopte l'opinion

« de rabbi Meyer. » (Traité *Khethouboth*, fol. 69, verso et 70, recto.)

Voilà donc les héritiers presque déshérités (puisqu'ils ne peuvent prendre de l'héritage que 2 denars quand ils ont besoin pour vivre de 4 denars) et cela par les simples paroles du défunt.

Faut-il que le père en prononçant ces paroles ait été malade ? Non. Quand même le père en prononçant ces paroles aurait été bien portant (*bari*), ses paroles sont valables (c'est ce que dit clairement le célèbre commentaire appelé Thossphoth, article *ha*, fol. 70 recto).

2) On lit dans le traité *Ghitin :* « Rabbi Simon « le chef raconte : Jouda dit à un homme : porte 100 « denars à Lévi, mais le légataire mourut avant de « recevoir l'argent, et le tribunal a décidé de faire « rendre l'argent aux héritiers du testateur et non « pas à ceux du légataire. » Rab Joseph dit que rabbi Simon, le chef, parle d'un cas où le testateur était bien portant (*bari*) en envoyant l'argent au légataire, et qu'il faut adopter l'opinion de ce rabbi Simon. La Ghemara fait l'objection : Comment peut-on rendre l'argent aux héritiers du testateur et non pas à ceux du légataire, et agir ainsi contre les paroles du défunt ? N'avons-nous pas une règle générale *Mitzvah lekayem dibré hameth* : on doit réaliser les paroles du défunt ? La Ghemara répond que l'histoire est mal racontée, le testateur n'est pas mort, et on a rendu l'argent à lui-même et non pas à ses héritiers. (*Ghitin*, fol. 15, recto.)

Il en résulte que si quelqu'un fait un **testament étant**
bien portant, le testament est valable après sa mort.
C'est pourquoi le *Schulchan aruch* du rablin Caro
dit ainsi : « Si Rouben dit à un homme : Porte 100 de-
« nars à Levi, et que le légataire soit mort avant de
« recevoir l'argent, si le donateur était bien portant
« (*bari*) en disant ces paroles, mais qu'il soit mort
« avant le légataire, il faut donner l'argent aux
« héritiers du légataire ; car nous avons une loi :
« *Mitzvah lekayem dibré hameth,* on doit exécu-
« ter les paroles du défunt. » (*Schulchan aruch
choschen mischpath*, titre 125, article 8.)

Voilà donc un cas où les *simples paroles* prononcées quand le défunt était *bien portant* sont valables comme un véritable testament. Il va sans dire
que ces paroles ont été prononcées en vue de la mort.
On ne peut pas admettre que les paroles qu'un
homme bien portant prononce sans penser à la mort
deviennent sacrées quand il vient à mourir inopiné-
ment 40 ou 50 ans après avoir prononcé ces paroles,
puisqu'on ne dit pas que la mort doit arriver le même
jour, ni le même mois, ni la même année, pour qu'on
soit obligé de réaliser les paroles du défunt.

3) **On lit encore dans le traité** *Ghitin :* « Si un
« individu dit qu'après sa mort ses enfants affran-
« chissent son esclave, ses enfants sont obligés de
« l'affranchir, et de lui donner l'acte de l'affranchisse-
« ment, car *mitzvah lekayem dibré hameth,* il
faut réaliser les paroles du défunt. »(*Ghitin*, folio 40,
recto.)

4) On lit dans le *Choschen mischpat* : « Il faut
« réaliser les paroles du défunt (*mitzvah lekayem*
« *dibré hameth*), quand même ce serait un homme
« bien portant (*bari*) qui les ait prononcées et qui
« est mort. » (*Schulchan aruch choschen mischpat*,
titre 252, article 2), et le commentateur *Syphthé
Cohen* ajoute qu'il suffit que le défunt *ait dit* de
donner le legs au légataire.

b) La deuxième expression *metzaveh machmeth
mitha,* « il ordonne en vue de la mort », se trouve employée par le Thalmud dans les endroits suivants :

On lit dans le traité *Baba bathra* : « On adopte
« comme loi (Vehilkheta) que, si un malade fait un
« don d'une partie de ses biens (en gardant le reste
« pour soi-même), le don a besoin d'être validé par
« un *kinjan* et les paroles seules ne sont pas suffisan-
« tes ; car la maladie ne suffit pas pour donner à
« l'acte le caractère d'un testament si le malade n'a
« pas indiqué d'une manière évidente qu'il le fait en
« vue de la mort. Mais s'il fait ce don en vue de la
« mort (*metzaveh mahmeth mitha*), on n'a pas besoin
« de *kinjan ;* les paroles seules sont suffisantes s'il
« meurt. » (*Baba bathra*, fol. 151, verso.)

Le célèbre commentateur Rachbam dit en cet endroit, que *metzaveh machmeth mithah* veut dire que
le testateur mentionne dans le testament qu'il fait la
distribution de ses biens par crainte de la mort. (*Ibidem Rochbam,* article *hatham.*)

On rapporte à Rab Nahman qu'une testatrice a
prononcé les mots « Malheur ! il faut mourir » et Rab

Nahman dit qu'elle est *metzaveh machmeth mitha*,
« elle a donné en vue de la mort. » (*Ibidem.*)

On lit dans le *Schulchan aruch* du rabbin Caro :
« Si le testateur dit qu'il fait le testament en vue de
« la mort (*machmeth mitha*), ou quand même il
« n'aurait pas prononcé clairement cette idée, mais
« si on reconnait de ses paroles qu'il fait le testa-
« ment en vue de la mort, les paroles du testament
« sont suffisantes, et on n'a pas besoin de *kinjan*. »
(*Schulchan aruch choschen mischpat*, titre 250,
article 7.) A plus forte raison, si le malade répète à
plusieurs reprises dans l'acte en question le mot
testament, et qu'il écrit expressément qu'il le considère comme sa *dernière volonté*.

c) La troisième expression est *diathéqué*, mot
grec employé par les docteurs du Thalmud pour dé-
signer le testament.

On lit dans le traité *Baba bathra* : « Qu'est-ce
« qu'un *diathéqué*? quand il y est écrit *da thehe*
« *lemekam velihajoth*, « ceci sera un acte à être va-
« lable et à persister. » Rab Dimé dit : Un *diathéqué*
« annule le *diathéqué*, un testament annule le testa-
« ment qui l'a précédé; car le testateur peut toujours
« modifier ou annuler son testament. » (*Baba bathra*,
fol. 135, verso.)

On voit que Rab Dimé n'explique pas de quel *diathéqué* il parle, est-ce la donation d'un malade ou
d'un homme bien portant ? Il dit simplement *diathéqué*, qui implique l'idée d'un testament fait en vue de

la mort, de sorte qu'il peut être annulé par un testament postérieur.

Il en résulte que si le défunt a prononcé ou écrit le mot *testament*, il a suffisamment indiqué qu'il fait l'acte en vue de la mort.

Il est à remarquer que la troisième expression, le mot *diathéqué*, qui est un mot grec, n'est employée que par les docteurs de la Palestine ; mais le Thalmud de Babylone le remplace toujours par l'expression chaldéenne, la quatrième expression *mathanath schkib mera*, don d'un malade, qui veut dire *testament*. Ses docteurs post-thalmudiques n'emploient jamais le mot grec *diathéqué*, et ils le traduisent toujours par l'expression *mathanath schkib mera*.

Ainsi le passage en question « un *diathéqué* annule un autre *diathéqué* (celui qui l'a précédé) » est cité par le *Tur schuchan aruch choschen mischpat* (titre 250) et par *Schulchan aruch choschen mischpat* dans sa traduction chaldéenne *schkib mera* (titre 250, article 13).

Voici une preuve évidente que l'expression *mathanath chkib mera* n'est que la traduction chaldéique du mot grec *diathéqué* :

On lit dans le *Schulchan aruch :* « La donation
« d'un malade *mathanath schkib mera* a besoin d'un
« *kinjan* comme une donation entre vifs, si la nature
« de la donation n'est pas indiquée ; mais si le dona-
« teur le donne expressément (*beperüsch*) comme
« une *mathanath schkib mera* (comme testament), on

n'a pas besoin de *kinjan.* » (*Schulchan aruch schoschen mischpat*, titre 250, article 9.)

La même phrase se trouve dans le *Tur choschen mischpat* de rabbi Jacob : « *La mathnath schkib* « *mera* (la donation d'un malade) a besoin d'un *kin-* « *jan*, mais s'il l'a donné expressément (*beperŭsch*) « comme *mathnath schkib mera* (comme testament), « on n'a pas besoin de *kinjan.* » (*Tur choschen mischpat*, titre 250.)

On voit que l'expression *mathnath schkib mera* a chez les rabbins et chez les docteurs du Thalmud le sens du mot grec *diathéqué* (testament); parfois cependant, elle peut avoir le sens primitif des mots : *don d'un malade.*

Pour me faire mieux comprendre, j'emploierai un exemple très connu, et je dirai qu'il en est de cette expression comme du mot *protestant*, qui est un terme technique pour exprimer l'idée d'un adhérent du *protestantisme ;* parfois, cependant, ce mot a le sens primitif de protester. Malgré ce double sens du mot *protestant*, on ne confond jamais l'un de ces deux sens avec l'autre. Il en est ainsi de notre expression *mathnath schkib mera;* il ne faut pas la prendre dans le sens primitif *don d'un malade* quand elle a le sens usuel de *testament fait à l'état de santé en vue de la mort.*

Il en est de même de l'expression opposée *mathnath bari* (don d'un homme bien portant) ou simplement *mathnath* (don) qui est devenu un terme technique pour exprimer l'idée de *donation entre vifs.*

En voici quelques-unes des preuves, dont je pourrais augmenter beaucoup le nombre :

1) On lit dans la *Mischna :* « Si l'on a trouvé des *dia-* « *théqué* (testaments) ou des *mathnath* (des dona- « tions entre vifs) ou des quittances, etc. » (Traité *Baba metzia,* fol. 18, recto et 19 recto.) On voit donc qu'au *diathéqué* est opposé *mathanath* qui veut dire évidemment donation entre vifs.

2) On lit dans la Ghemara (*Baba bathra,* fol. 40, verso) : « *Mathanath tmirtha lo magbinim bah* (un don caché est nul) », et on cite l'exemple d'un homme qui a fait un don caché le jour de son mariage ; il était donc loin de penser à la mort, c'était une donation entre vifs (car un testament caché est valable). (V. *Schulchan aruch choschen mischpat,* titre 242, article 6.)

3) Une beraïtha oppose *mathanath* à *diathéqué.* (Traité *Baba bathra,* fol. 135, verso.)

4) Le *Schulchan aruch choschen mischpat* divise ainsi les diverses parties du Code civil : Une partie est intitulée *hilkath mathanath schkib mera,* lois des testaments ; cette partie traite des testaments, elle commence au titre 250 et finit avec le titre 258. Une autre partie est intitulée *hilkath mathanath,* et traite des donations entre vifs ; elle commence au titre 244 et finit au titre 249. On voit donc que *mathanath,* ainsi que *mathanath bari,* est le terme technique pour exprimer l'idée de donation entre vifs, et que *mathanath schkib mera* est un autre terme technique

pour exprimer l'idée opposée de testament fait en vue de la mort.

5) On lit dans la Ghemara : « Si l'acte de don « d'un malade a été confirmé par un *kinjan*, il doit « être considéré comme une *mathanath bari* (une « donation entre vifs), qui reste valable même si le « malade guérit. » (Traité *Baba bathra*, fol. 152, recto.)

On voit donc qu'un malade peut faire une donation entre vifs ; d'autre part, nous avons vu plus haut qu'un homme *bien portant* peut faire des dons valables par sa seule parole qu'on sera obligé de réaliser, comme ceux des testaments, par suite du principe *mitzvah lekayem dibré hameth*, « on doit réaliser les paroles du défunt ». (Traité *Ghitin*, fol. 15, recto.) (1)

Tout dépend de la question de savoir si le donateur fait le don en vue de la mort, et s'il veut faire un testament, ou bien si, s'attendant ou non à mourir, il veut faire une donation entre vifs.

L'état de santé du testateur n'a aucune influence. C'est pourquoi la *mischnah*, en traitant des divers cas de testament, ne dit jamais si le testateur était malade en testant ou non, à l'exception d'un seul cas où le caractère de l'acte est *douteux*, rien en lui n'indiquant s'il s'agit d'un testament fait en vue de la mort, ou d'une donation entre vifs ; là la *mischnah* suppose

(1) Certains commentateurs disent à cet endroit que le principe : *il faut exécuter les paroles du défunt*, s'applique à certains cas restreints. Il est facile de prouver l'erreur de ces commentaires.

le cas d'un malade, pour nous apprendre que, malgré la maladie, le don est considéré comme une donation entre vifs si, en distribuant ses biens, il a laissé (pour lui ou pour ses héritiers légitimes) un petit champ, et que, malgré sa maladie, le don n'est considéré comme un testament que s'il a donné *tous* ses biens aux légataires sans se rien réserver. (Traité *Baba bathra*, fol. 146, verso.) (1)

(1) Je cite ici *tous* les passages où la *mischnah* parle des testaments :

Si un homme dit : « Mon premier né n'aura pas deux parts, » ses paroles sont nulles, car c'est contre la loi de Moïse. (Traité *Baba bathra*, fol. 126, verso.) Il s'agit ici d'un testament, et on ne dit pas que le testateur était malade.

« Si un individu déshérite ses fils en faveur des étrangers, le « testament est valable, quoique les sages n'en soient pas con- « tents. » (*Ibidem*, fol. 133, verso.) On ne dit pas ici si le testateur était malade ou non, et le Thalmud cite à cette occasion le cas d'un certain Joseph qui a déshérité son fils quand il était bien portant, puisqu'il alla lui-même vendre ses perles.

Si un individu dit : « Tel étranger héritera de moi au lieu de « ma fille. » (*Ibidem*, fol. 130, recto.) On ne dit pas si le testament est valable ou non.

« Si un individu est mort et si on trouve un testament. » (*Ibidem*, fol. 135, verso.) Ici il y a une longue discussion sur ce testament entre les docteurs, et aucun ne soulève la question de savoir si le testateur était malade ou non en écrivant le testament aucun des docteurs ne dit qu'il faut annuler ce testament, parce que le testateur était peut-être bien portant en l'écrivant.

Si un individu dit : « Si ma femme accouche d'un garçon, ce « garçon aura 100 denars, » le testament est valable. (*Ibidem*, fol. 140, verso.) On ne dit pas ici non plus que le testateur était malade en écrivant le testament.

Dans tous ces passages, la *mischnah* ne dit pas si le testateur était malade ou non en écrivant le testament. Ce n'est qu'en rapportant le fait d'une femme qui a fait un testament pendant sa

Aussi les commentateurs et le *Schuchan aruch* du rabbin Caro ont-ils soin de nous dire qu'il s'agit d'un malade qui n'a pas dit qu'il fait les dons en vue de la mort, et que la maladie est toute récente (il n'y a que trois jours qu'il est alité) et qu'elle n'est pas suraiguë; car s'il est alité plus de trois jours, ou si la maladie est suraiguë, on doit supposer que les dons sont faits en vue de la mort. (*Schulchan aruch choschen mischpat*, titre 250, article 5.)

On dit ici qu'un acte douteux, malgré la maladie du donateur, n'est considéré comme testament que si le donateur ne s'est rien réservé de ses biens, ce qui est un indice que le don a été fait en vue de la mort. On peut se demander si cet indice est suffisant pour donner à l'acte le caractère d'un testament dans le cas où le donateur était bien portant en l'écrivant. Je répondrais affirmativement, puisque la Ghemara dit que cet indice qui fait admettre que le donateur n'a fait le don que croyant par erreur qu'il va mourir, est analogue à l'indice d'un homme bien portant qui a fait le don de *tous* ses biens à un étranger, croyant

maladie, que la *mischna* le raconte tel qu'il s'est présenté, à savoir que la femme était malade. (*Ibidem*, fol. 156, verso.) La *mischna* emploie encore l'expression *schkib mera*, malade, dans le cas de contestation sur la question de savoir si l'acte était une donation entre vifs ou un testament. (*Ibidem*, fol. 153, recto.) Le donateur dit qu'il était malade et que l'acte était un testament fait en vue de la mort, et il devient nul après sa guérison, tandis que le donateur dit qu'il était bien portant et qu'il ne pensait pas à la mort, de sorte que c'était une donation entre vifs.

par erreur que son fils était mort sans enfants (*Baba bathra*, fol. 146, verso), et que notre *mischnah* ne parle d'un malade que pour nous apprendre que la maladie *seule* ne suffit pas pour donner à l'acte le caractère d'un testament. S'il fallait, pour déclarer un testament valable, que le testateur fût malade en l'écrivant, le Thalmud nous aurait indiqué le *genre* ou la *gravité* de la maladie; mais le *Thalmud ne le fait nulle part.*

Cependant Caro et certains autres rabbins du moyen âge font une *exception pour notre cas*, où l'acte est d'un caractère *douteux*, en définissant la maladie ainsi :

« On n'est pas malade, dit Caro, quand on n'a
« qu'un mal de tête, un mal dans l'œil, dans le bras
« ou dans la jambe; mais on est malade quand tout
« le corps est faible, de sorte qu'on ne peut plus mar-
« cher et qu'on se met au lit. D'autres disent que si
« le malade est alité plus de trois jours, ou si la
« maladie est suraiguë, on admet comme certain que
« l'acte a été fait en vue de la mort. » (*Schulchan aruch choschen mischpat*, titre 250, article 5.)

Tout cela est de la fantaisie pure. Il faut croire que Caro n'a jamais vu la goutte ni l'ophtalmie purulente, etc., et qu'il n'a jamais vu de personnes douillettes qui, pour un rien, pour un mal de dents ou une indigestion, se mettent au lit et le gardent plus de trois jours.

Heureusement que ces définitions de maladies si bizarres, données par Caro, n'ont jamais eu d'application pratique, car Caro lui-même ne les admet que pour l'acte d'une nature douteuse, comme celui de notre *mischnah*, où rien n'indique le caractère d'un testament, si ce n'est la *totalité* du don (le don de tous ses biens sans se rien réserver). Mais des actes pareils ne se rencontrent guère dans la pratique; presque toujours il y a une phrase, ou un mot quelconque, qui indique la nature de l'acte, si c'est un testament ou une donation entre vifs; alors l'état de santé du donateur est tout à fait indifférent. Un malade sur le point de mourir peut faire une donation entre vifs, comme il peut faire toutes les transactions commerciales; d'autre part, un homme bien portant peut faire un testament en vue de la mort, comme un malade.

Ce n'est donc pas la maladie qui fait la valeur d'un testament. Autrement il faudrait, dans le cas de contestations, appeler *un médecin* comme témoin compétent qui témoignerait de l'existence de la maladie, ou de sa gravité. Or j'affirme, et personne ne me le contestera, que dans toute la littérature juive, dans tous les nombreux traités du Thalmud, ni dans les innombrables ouvrages faits par tous les rabbins de toutes les époques, il n'y a pas un seul cas où l'on appela un médecin pour témoigner de la maladie d'un testateur (1).

(1) On a prétendu faire une différence entre un malade et un homme bien portant, en disant que le dernier doit toujours faire le *kinjan* ou se conformer aux autres prescriptions pour valider ses dons, dont on ne dispense que le malade à cause de sa fai-

Ce n'est donc pas la maladie qui fait la valeur d'un testament, car elle n'est pas toujours dangereuse. D'autre part, on peut et on doit faire un testament même quand on se porte bien, et parfois même quand on est jeune, si on est né de parents morts jeunes par la phtisie ou par une autre diathèse, ou par une mort subite résultant de la congestion pulmonaire, de l'apoplexie cérébrale, de la rupture d'un anévrisme, ou de l'embolie, etc. On doit le faire surtout quand on arrive à l'âge de soixante ou soixante-dix ans ; alors on ne doit plus attendre qu'on soit malade, car on peut être surpris par une mort subite, ou tomber dans le délire. On voit, en effet, que c'était la grande préoccupation de notre défunt Samama, qui a eu soin d'écrire qu'il se porte bien, c'est-à-dire qu'il jouit de son intelligence naturelle, et qu'il n'est pas atteint d'un ramollissement cérébral, ni d'un délire fébrile, ni de démence sénile.

blesse. Ceci n'est pas exact. Dans le seul endroit du Thalmud où, d'après certains commentateurs, on fait une différence entre un malade et un homme bien portant (traité *Baba bathra*, fol. 131, recto), on motive cette différence en disant que le malade est un *bar urthé*, c'est-à-dire qu'il se trouve dans des circonstances qui font penser à la mort et à l'héritage qu'on laissera, tandis que l'homme bien portant ne pense guère à la mort.

3ᵉ QUESTION.

La liberté de tester. — La liberté de tester
était-elle limitée par une loi quelconque, et
quelles étaient ses limites a l'époque biblique
et a l'époque thalmudique?

La liberté de tester est une des plus chères à tout
individu qui travaille toute sa vie péniblement pour
ramasser une petite fortune, et qui voudrait naturel-
lement la laisser après sa mort à la personne qu'il
aime le plus, qu'il estime le plus, ou qui l'a aimé le
plus, ou à laquelle il doit le plus de reconnaissance.
« Que sert, » dit *l'Ecclésiaste,* « que je me fatigue
« sous le soleil, si je dois laisser ma fortune à un
« homme qui sera après moi, et qui sait s'il sera sage
« ou insensé ? Il dominera sur tout mon travail que
« j'ai péniblement acquis. » (*Ecclésiaste,* II, 18
et 19.)

Cependant la loi biblique restreint cette liberté
individuelle par *raison d'État.* Je n'ai pas besoin
de rappeler ici les lois mosaïques qui défendent à une
fille héritière d'épouser un homme d'une autre tribu
que la sienne, pour que l'héritage « ne soit pas
transporté d'une tribu à une autre. » (*Nombres,*
XXXVI, 9), les lois qui défendaient même de vendre
pour toujours les champs et les immeubles. A l'é-
poque thalmudique, après la dispersion d'Israël, *il
n'y avait plus de raison d'État* à laquelle il fallùt

sacrifier la liberté de l'individu ; la terre entière de la Palestine n'appartenait plus aux Juifs, et à l'étranger les païens rendaient leurs possessions incertaines.

Le Thalmud a donc admis la *liberté entière de tester*, toute entrave à cette liberté étant devenue un anachronisme, et contraire à l'esprit de l'époque thalmudique. Quant aux entraves mosaïques, les thalmudistes en ont respecté la lettre, comme ils ont respecté la lettre de beaucoup d'autres lois mosaïques qui sont devenues un anachronisme à leur époque. Par exemple, Moïse a défendu aux créanciers de réclamer leurs dettes après l'année de la *schmitah* dans laquelle les cultivateurs n'avaient pas de récolte ; eh bien, dit le Thalmud, le créancier ne réclamera rien pour lui-même, il remettra avant l'année de la *schmitah* ses actes au tribunal qui lui donnera un acte appelé *prosboul*, avec lequel le créancier réclamera la dette au nom du tribunal. Moïse a défendu de substituer au premier-né son frère cadet, ou d'autres héritiers aux fils légitimes ; eh bien, on ne fera pas l'étranger son héritier, ni le frère cadet l'héritier de la double part qui appartient au premier-né, mais on donnera à l'étranger, ou au fils cadet, les champs à titre de *don ;* car Moïse a permis de vendre les champs et d'en faire des dons aux étrangers, sauf à faire retourner ces champs au vendeur ou au donateur dans l'année de jubilé ; mais le jubilé n'existant plus à l'époque thalmudique, les champs resteront la propriété du donataire pour toujours. On a donc établi la loi que la disposition à titre d'héritage est nulle, mais que, faite à titre de *don*, elle est valable. Il y avait cependant des différences entre le *don* et l'*héritage*. Si le défunt avait des dettes, son créancier pouvait saisir les biens des héritiers, mais non pas ceux que le défunt a vendus ou donnés, à moins qu'il n'ait reçu un acte par léquel le défunt a engagé ses biens en hypothèque. Les filles du défunt et sa veuve peuvent se faire nourrir des biens des héritiers, mais non pas des biens vendus ou donnés à des étrangers. Le défunt pouvait donc avoir des motifs sérieux pour laisser ses biens à ses favoris à titre d'héritage, mais non pas à titre de don. Mais que faire ? Il était défendu de transgresser une loi mosaïque, c'était un péché; et un juge israélite ne pouvait pas rendre valable un acte qui transgresse ouvertement une loi de Moïse. On était forcé de tourner les lois surannées, mais il ne fallait pas les transgresser.

Il en résulte qu'il n'y a sous ce rapport aucune différence entre un homme bien portant et un malade. Le malade ne peut pas transgresser la loi de Moïse, en établissant à titre d'héritier un étranger, pas plus qu'un homme bien portant ne peut le faire, puisque ce serait transgresser une loi mosaïque; d'autre part l'homme bien portant peut donner à titre de *don*, comme un malade peut donner par testament à titre de don ses biens aux étrangers, aux dépens des héritiers.

C'est ce qu'on lit dans le Thalmud : « Ce qu'un « homme bien portant peut faire, un malade peut le

« faire ; ce que le premier ne peut pas faire, le der-
« nier ne le peut pas non plus » ; cela veut dire
que tout ce qu'on peut faire dans une donation entre
vifs, on peut le faire par testament, et ce qu'on ne
peut pas faire dans une donation entre vifs, on ne peut
pas le faire par testament. (Traité de *Baba bathra*
fol. 147, verso.)

C'est pourquoi la *mischnah* oppose le cas de *don*
au cas d'*héritage* et dit : « Celui qui distribue ses
« biens selon ses ordres ou selon son libre arbitre (1)
« en augmentant à l'un sa part et en la diminuant à
« l'autre, ou en faisant la part du premier-né égale à
« celle de ses frères cadets, ses dispositions sont
« valables ; s'il dit pour héritage, il n'a rien dit ;
« mais s'il a écrit au commencement, ou au milieu,

(1) J'ai traduit *al piv* selon ses ordres, son libre arbitre, ce qui
veut dire à *titre de don*, et ce qui est opposé au mot *héritage* du
deuxième cas ; d'après ma traduction, cela se rapporte à un malade,
ou à un homme bien portant. D'autres ont traduit le « *al piv* » verbalement, et ils le rapportent à un malade. Je n'ai pas admis cette
traduction de Surenhusius, parce qu'il n'y aurait rien dans le premier cas qui fût opposé au deuxième, qui parle de l'héritage. Ensuite il y a un autre *mischnah*, où *al piv* ne supporte que ma traduction. « Celui qui distribue ses biens *al piv*, qu'il soit bien por-
« tant ou qu'il soit malade, les immeubles s'acquièrent par le paie-
« ment, ou par un acte, ou par la prise de possession. » (*Baba
bathra*, fol. 156, recto.) Dans la Bible, *al pi* veut dire *selon, selon
que*, et *al piv* (avec le suffixe *v*), *selon sa volonté*, ex. *al pi haschanim, selon les années* (*Lévitique*, XVII, 18), *le pi-hen, selon elles.*
(*Ibidem*, XXV, 51). Du reste, le Raschbam qui traduit, comme
Surenhusius, « *al piv* » *verbalement*, dit que la *mischnah* parle d'un
malade, mais qu'elle admet chez un homme bien portant la même
différence entre les mots *don* et *héritage*.

« ou à la fin, le mot *don*, ses dispositions sont valables. » (Traité *Baba bathra*, fol. 126, verso.)

Plus loin, le Thalmud admet l'idée de Rabbi
Johanan fils de Brokah, que, même d'après la loi
mosaïque, le père peut distribuer ses biens à volonté
entre ses fils à titre d'héritage, pourvu qu'il respecte
les droits du premier-né parce qu'il est écrit « au jour
« où il fera hériter ses fils de ses biens » (*Deutéro-*
« *nome*, XXI,16) ; il en résulte que le père peut faire
hériter ses fils comme il veut. (Traité *Baba bathra*,
. fol. 130, recto et verso.)

C'est ici qu'un docteur du Thalmud, nommé Rabba,
avait des doutes s'il n'y avait pas une différence
entre un malade et un homme bien portant qui dispose de ses biens en faveur de ses fils à titre d'héritage, c'est-à-dire entre un homme qui, malade ou
non, s'attend à la mort, et un homme qui n'y pense
pas encore. (*Ibidem*, fol. 131, recto.)

Voilà comment j'explique ici les expressions *malade* et *bien portant*, employées par le docteur
Rabba.

Cette explication s'appuie sur les paroles de Rabba
et sur la réponse du Thalmud: Rabba demande si la
Bible permet au père de faire le partage inégal entre
ses fils quand il est bien portant, ou bien si elle ne le
permet qu'à un malade, puisque l'Ecriture dit : « au
jour où il fera hériter », elle parle d'un homme qui
doit penser à la mort et à l'héritage qu'il laissera ;
debar urthé hu, il est temps pour lui de penser à
l'héritage qu'il laissera. **Le Thalmud répond que**

même un homme qui ne pense pas encore à la mort peut faire le partage inégal entre ses fils ; puisque Rabbi Nathan dit que par suite de cette loi biblique qui permet au père de faire le partage inégal entre ses fils, un jeune marié peut au jour de son mariage (étant bien portant et pensant plus à la vie qu'à la mort) disposer en faveur des fils qu'il aura de sa jeune épouse aux dépens de ceux qu'il a d'une autre femme (1).

Autres exemples de la liberté de tester et de déshériter les héritiers :

On lit dans le Thalmud : « Si un homme dit : Ma « femme prendra une part égale à celle d'un de mes « fils, elle a le droit de prendre cette part. » (Traité *Baba bathra*, fol. 128, verso.) Cette loi est citée et adoptée par le rabbin Caro dans son *Schulchan aruch*. (*Eben haëzer*, titre 108, article 1.) Le *Raschbam* et le rabbin Isserlès l'appliquent à un testament et à une donation entre vifs.

On lit encore : « Si un individu dit : donnez à mes « fils deux denars par semaine, et s'il y a ajouté : *à la* « *mort de mes fils un tel étranger héritera d'eux*, on « ne donne aux fils que deux denars, quoiqu'ils aient « besoin de quatre denars par semaine pour vivre. » (Traité *Khethouboth*, fol. 69, verso et 70, recto.) Le célèbre commentateur *Raschi* ajoute à cet endroit : « Les biens sont sa propriété, et les fils ne peuvent en

____

(1) Voir en cet endroit les célèbres commentateurs, le *Raschbam*, le *Ri*, le rabbenou *Tham* cité par Rabbenou Ascher.

« prendre que ce que le testament leur accorde. »
Les fils sont donc déshérités en faveur d'un étranger.

On peut citer d'autres exemples nombreux, mais les exemples cités suffiront pour prouver que le Thalmud a admis la liberté *entière* de tester et de déshériter ses enfants ou les héritiers légitimes en faveur des étrangers.

4° QUESTION.

LES DIFFÉRENCES ENTRE LES IMMEUBLES ET LES MEUBLES.

On sait que dans la législation thalmudique il y a des différences très grandes et nombreuses entre les immeubles et les meubles.

Citons-en quelques-unes :

1) On sait l'importance très grande que les docteurs du Thalmud attachaient au douaire de la femme veuve ou divorcée. « Si le marié n'assure pas à son « épouse le douaire légal pour le cas de veuvage ou « de divorce, c'est comme s'il vivait avec elle en « concubinage. » (Traité *Khetouboth*, fol. 51, recto.) Cependant, la veuve ne pouvait se faire payer son douaire que des immeubles de son défunt mari, et elle n'avait rien si son mari n'a laissé que des meu-

bles. (*Ibidem*, fol. 63, verso.) Ce n'est qu'après l'époque thalmudique que les *Gaonim* (les chefs de la nation) ont introduit l'usage de payer le douaire sur les meubles, attendu qu'au moyen âge les Juifs n'avaient plus d'immeubles, et il fallait cependant que les veuves eussent de quoi vivre et qu'elles pussent se remarier. (*Eben haëzer*, titre 100, article 1er.)

2) Il y a une loi fondamentale de toutes les législations du monde, qu'un créancier peut se faire payer des biens de son débiteur. Mais si le débiteur est mort, le créancier ne peut se faire payer sa dette que des immeubles, et il perd tout, d'après le Thalmud, si le débiteur n'a laissé que des meubles. Cependant, au moyen âge, la nécessité sociale a fait adopter aux *Gaonim* l'usage contraire à la loi du Thalmud de payer le créancier sur les meubles. (*Choschen mischpat*, titre 107, art. 1.)

3) La loi mosaïque ordonne de payer pour le dommage causé par des bestiaux ou par une fosse, etc. (*Exode*, XXI, 28-36 et XXII, 4 et 5.)

Si celui qui doit le payer est mort, le paiement ne peut se faire, d'après le Thalmud, que des immeubles, et non pas des meubles. Quoique au moyen âge les chefs de la nation aient introduit l'usage de faire payer le créancier des meubles du défunt contrairement à la loi thalmudique, beaucoup de docteurs pensent qu'on ne doit pas étendre cet usage aux dommages en question qui sont rares, et qu'on ne doit pas agir contre les lois thalmudiques sans nécessité dans des cas si rares. (*Choschen mischpat*, 419, art. 3, commentaire Syphthé Cohen.)

4) D'après la loi thalmudique les filles, qui n'héritent pas quand il y a un fils, peuvent cependant réclamer le dixième de l'héritage, mais elles ne peuvent se le faire payer que des immeubles (traité *Khethouboth*, fol. 69, verso), et rabbi Ascher dit dans cet endroit:

« Comme le payement des meubles d'un débiteur qui
« est mort, ne se fait de nos jours que par suite de
« l'usage introduit par les *Gaonim*, il ne faut pas
« étendre cet usage à la loi de la dîme des biens
« pour laquelle loi cet usage n'a pas été introduit. »
Caro dit aussi: « Cette dixième partie ne peut être
« prise que des immeubles et non pas des meubles. »
(*Eben haëzer*, titre 113, art. 2.)

5) La loi thalmudique a introduit l'usage que les créanciers se fassent donner par le tribunal avant l'année de la *schmitah* (la rémission des dettes) un acte appelé *prosboul*, pour détourner la loi biblique qui défendait aux créanciers de réclamer leurs dettes après cette année en leur propre nom, et pour réclamer ces dettes au nom du tribunal. Mais on ne peut le faire que si le débiteur possède un immeuble, et les créanciers ne peuvent rien réclamer, si le débiteur n'a que des meubles. (*Choschen mischpat*, titre 67, art. 22.) En effet, quoique les chefs du moyen âge aient, contrairement à la loi du Thalmud, assimilé les meubles aux immeubles quand la nécessité de le faire se faisait sentir, il n'y a aucune nécessité de le faire

à propos du *prosboul* fait pour éluder une loi mosaïque surannée, et on maintient la différence légale entre les immeubles et les meubles.

Or les lois prohibitives de la Bible, concernant les successions et les testaments, ne se rapportaient qu'aux immeubles et non pas aux meubles. Ce sont les maisons et les champs vendus qui devraient retourner à l'ancien propriétaire dans l'année de jubilé : « Le champ ne doit pas être vendu à perpétuité. » (*Lévitique*, XXV, 23.) Quand certain usage amenait la distribution inégale entre les frères héritiers, le Thalmud voulait qu'il restât une partie de la valeur d'un denar qui pourrait être distribuée d'une manière égale entre les frères pour satisfaire à la loi mosaïque. Mais, d'après Rabbi Simon, il fallait que ce fût un immeuble qui pût être distribué selon la loi mosaïque, et non pas un meuble, car les lois mosaïques se rapportent aux immeubles. Par conséquent la restriction faite par le Thalmud à la liberté de tester pour respecter la lettre de la loi mosaïque, savoir que le testateur soit obligé d'employer le mot *don* et non pas le mot *hériter*, ne doit s'appliquer qu'aux immeubles, et non pas aux meubles ; et il n'y a aucune nécessité sociale d'assimiler les meubles aux immeubles, quand il s'agit d'une disposition faite pour éluder une loi surannée qui est devenue un anachronisme déjà à l'époque thalmudique, et qui l'est encore plus de nos jours.

5ᵉ QUESTION.

UN TESTAMENT EST-IL VALABLE MALGRÉ LE DÉFAUT DE PUBLICITÉ? OU UN TESTAMENT OLOGRAPHE EST-IL VALABLE?

On lit dans Caro : « Si un malade a fait un testament
« pour qu'il ne soit connu qu'après sa mort, il est
« valable ; celui qui fait un testament pour cause de
« mort n'a pas besoin de le faire connaître. »
(*Schulchan aruch choschen mischpat*, titre 242,
art. 6.)

Le passage du Thalmud qui annule une donation
faite en cachette (*Baba bathra*, fol. 40, verso) emploie
le mot *mathantha* qui veut dire donation entre vifs,
comme je l'ai établi plus haut.

Il en résulte qu'un testament *olographe* est valable.

En voici d'autres preuves. On rapporte dans la
Ghemara quelques cas de testaments faits en énigmes,
de sorte que personne n'a pu les comprendre, à l'exception de Rabbi Banaah qui les a vus après la mort
des testateurs, et il les a déclarés valables. (*Baba bathra*
fol. 58, recto.)

Voici donc un testament *olographe* dont le sens
était inconnu de tout le monde, jusqu'à ce que la
sagacité de Rabbi Banaah l'ait découvert après la
mort, comme Daniel qui a découvert par sa sagesse
extraordinaire le sens du songe de Nabuchodonozor;
et le testament fut déclaré valable.

On raconte qu'un homme, voulant deshériter ses enfants, écrivit un testament pour que ses biens appartinssent à Jonathan fils d'Ouziel, lequel laissa par générosité le tiers aux enfants du défunt. (*Baba bathra*, fol. 133 verso.) Pourquoi le testateur a-t-il écrit le testament? Il aurait pu se contenter de faire savoir verbalement devant témoins qu'on donnât son héritage entier à Jonathan? Il faut donc admettre que le défunt voulut faire un *olographe* en cachette, sans témoins.

On lit dans un autre endroit : « Si un individu a « écrit que tous ses biens appartiennent à une per- « sonne, et plus tard il a écrit la même chose pour « une autre personne, la deuxième *diathèque* (testa- « ment) annule la première. » (*Baba bathra*, fol. 152 verso.)

Pourquoi a-t-il écrit ?

Pourquoi ne s'est-il pas contenté de le dire verbalement devant témoins ?

C'est qu'il voulut faire un *olographe* en cachette (1).

---

(1) Le commentateur dit qu'il a écrit pour exprimer sa pensé plus clairement. Mais d'abord en donnant *tout* à une seule personne, on n'a rien à expliquer; ensuite il ne s'agit pas ici d'un fait qui se serait présenté, mais de faits qui *peuvent se présenter*. Il n'était donc pas nécessaire de supposer un cas où le testateur écrit quand il n'a qu'à parler.

6ᵉ QUESTION

RÉFUTATION DES OBSERVATIONS DE M. CASTELLI

Page 3. — « *La succession légitime ne peut en*
« *général être altérée. Cependant les thalmudistes*
« *firent une exception en faveur de celui qui était*
« *gravement malade.* »
Non. D'abord il se rapporte à Caro (*Choschen
mischpat*, tit. 281, art. 1), mais il oublie que dans
ce passage Caro dit que personne ne peut changer
l'ordre de succession « qu'il soit bien portant ou
« qu'il soit malade ». Les thalmudistes n'ont donc
pas fait d'exception pour les malades. Selon les
idées des thalmudistes, tout le monde pouvait deshériter les héritiers légitimes en faveur des étrangers, soit par testament en vue de la mort, soit par
donation entre vifs ; ils n'y mettaient qu'une condition, c'est de ne pas transgresser la loi prohibitive
de la Bible, en appliquant dans l'acte fait pour
l'étranger le mot *héritage ;* il fallait tourner la
loi biblique en remplaçant le mot *hériter* par le mot
donner, et ne pas déshériter explicitement mais im-
plicitement.
Ibidem. — « *Ils* (les thalmudistes) *établirent que*
« *ce dernier* (le malade) *pouvait user de préférences*
« *toujours limitées, mais dans le cercle de ceux*
« *aptes à succéder au même degré, en donnant plus*
« *à l'un et moins à l'autre des héritiers.* »

Non. La faculté de tester dans le cercle de ceux aptes à succéder au même degré, en donnant plus à l'un et moins à l'autre des héritiers, était d'après le Thalmud une loi mosaïque (V. *Baba bathra*, fol. 130 recto), parce que, dit le *Thalmud*, il est écrit : « au jour où il distribuera l'héritage à ses fils » (*Deutéronome* XXI), donc le père a la faculté de faire le partage de ses biens entre ses fils. Or, cette faculté serait évidemment illusoire si les enfants pouvaient annuler ce partage sous prétexte d'inégalité des lots de terre que le père a attribués à chacun d'eux, soit par les dimensions, soit par la qualité du terrain, soit par la situation, etc.

Page 4. — M. Castelli cite l'article 5. « S'il est sain, il ne peut ni ajouter, ni diminuer, etc. »

Non. D'abord le commentaire *Mirath enagim* ajoute qu'il ne peut le faire avec le mot *héritage*, mais qu'il peut le faire avec le mot *don*, ainsi que Caro l'explique dans l'article 8.

Ensuite le Raschbam et les célèbres collaborateurs du commentaire appelé *Tossephoth* admettent, contrairement à Caro, qu'un homme bien portant peut faire le partage inégal entre ses fils, et que même au jour du mariage, le marié peut disposer que les fils qu'il aura de sa jeune épouse hériteront plus que ceux qu'il a d'une autre femme. (*Baba bathra*, fol. 131, et voir plus haut.)

Ibidem. — *« Mais on peut disposer à titre de « donation (en faveur d'un fils en diminuant la « part de l'autre), parce que ce qui est donné ne*

« *reste pas...* à *la mort du disposant, mais se*
« *trouve déjà passé dans la main du donataire.* »

Cela n'est pas exact, car Caro dit : « S'il y avait
« trois champs pour trois héritiers, et que le testa-
« teur dit, que l'un *hérite* de tel champ, que l'autre
« reçoive tel autre en *don*, et que le troisième *hérite*
« du troisième champ, l'acte est valable pour les
« trois héritiers. » (*Choschen mischpat*, titre 281,
« article 7.)

On voit donc que le testateur peut faire le partage
inégal, quoique le premier et le troisième héritier
ne doivent prendre leur part qu'après la mort. Ce
n'est donc pas, comme le dit M. Castelli : « *par-*
« *ce que ce qui est donné ne reste pas... à la*
« *mort du disposant, mais se trouve déjà passé*
« *dans la main du donataire* » mais parce qu'en
faisant un legs à titre de *don* à l'un des héritiers,
le testateur prouve par là qu'il n'a pas l'intention
de transgresser la loi prohibitive de Moïse, et qu'en
employant pour l'autre héritier le mot *héritage* on
doit comprendre *héritage par don*, et non pas héritage proprement dit, puisque le testateur n'enten-
dait pas agir contre la lettre de la loi mosaïque.
Tout cela est très subtil, mais se justifie par la
nécessité de détourner une loi prohibitive de Moïse,
qu'on n'a pas abolie, mais qui n'était pas conforme
aux idées de l'époque thalmudique. Le *Thalmud* a
agi ainsi pour beaucoup d'autres lois mosaïques qui
sont devenues un anachronisme à son époque, comme
à propos de la rémission des dettes dans la sep-

tième année (*Schmitah*), pour le fils rebelle et déso-
béissant (*Deutéronome*, XXI, 18-21), pour la ville
accusée d'idolâtrie qu'on devait détruire (*Deutéronome*, XIII, 13-19), pour les témoins accusés de
faux témoignage par d'autres témoins (*Deutéronome*, XIX), comme le célèbre docteur du Thalmud,
Raba, l'a dit : « La loi mosaïque sur les témoins
« démentis par un alibi est une nouveauté, sans
« analogie avec les autres lois, et contraire à nos
« idées de justice ; car il n'y a pas de motifs
« d'avoir plus de confiance dans les témoins accu-
« sateurs que dans les témoins accusés. Il faut
« cependant respecter la lettre de cette loi, mais
« on ne doit pas en tirer d'autres conséquences. »
(Traité *Synhedrin*, fol. 27 recto.) Le *Thalmud* a
traité les lois vieillies de quinze siècles comme on traite
dans tous les pays les lois surannées qui n'ont pas
été abolies ; car *le Thalmud voulait la liberté entière de tester sans aucune restriction*, que le
testateur soit malade ou bien portant (voir plus
haut), comme l'a dit Rab Nehaman : « Tout ce qu'un
« homme bien portant peut faire, un malade peut
« le faire ; ce qu'un homme bien portant ne peut pas
« faire, un malade ne le peut pas non plus. »
(*Traité Baba bathra*, fol. 147 verso.)

Page 5. — *Mendelsohn était un grand philosophe, un grand hébraïsant, un grand...* toujours
grand dans beaucoup de branches du savoir humain,
mais jamais juge en Israël ne l'a cité comme autorité dans la législation civile du *Thalmud* ; autre-

ment on l'aurait traduit en hébreu, car les rabbins juges ne consultent que les livres écrits en hébreu.

C'est un fait aussi connu de tout le monde que son ouvrage sur la législation est complétement inconnu par tous les rabbins qui, en Russie, en Tunisie et ailleurs, sont chargés de l'application des lois civiles du *Thalmud*.

Page 6.— *Paroles d'un mourant* est mal traduit ; le Thalmud et tous les docteurs en Israël parlent des « paroles d'un malade » et jamais « d'un mourant ».

Page 10. — Les autorités mentionnées dans la page 10 sont complètement inconnues de tous les rabbins de la Russie, de la Tunisie, etc., qui sont chargés de l'application des lois civiles du 'Thalmud.

Page 17. — *Selon le canon de l'interprétation thalmudique formulée sur le point par l'Alfasi, une solution n'étant pas donnée à la demande de Rabba, la conséquence en est que l'homme sain ne peut pas être comparé au malade.*

Il s'agit de la question de savoir si l'homme sain peut, comme un malade, faire le partage inégal des biens entre ses fils selon la loi biblique. Or, d'après le célèbre commentateur Raschbam (*Baba bathra*, fol. 131, recto, article *On-schma méné*, et répété dans l'article *amar lé, rab Papa*), la demande de Rabba a reçu une solution : « Car, dit-il, c'est Rabbi « Johanan, fils de Brokah qui dit que, d'après la loi « mosaïque, le père peut distribuer ses biens entre « ses fils d'une manière inégale, et rabbi Nathan dit

« que c'est d'après l'opinion de rabbi Johanan qu'on
« a établi l'usage qu'au jour du mariage le marié
« qui se porte très bien, et qui ne pense pas du tout
« à la mort, mais à la noce, dispose que les fils qu'il
« aura de sa jeune épouse auront une part plus
« grande de son héritage que ses fils qu'il a d'une
« autre femme. » C'est aussi l'opinion du célèbre *Ri*,
un des principaux auteurs du commentaire appelé
Thossephoth (v. *Baba bathra*, fol. 131, verso, Thossephoth, article *Dilma*). C'est aussi l'opinion de son
illustre collègue, rabenou *Tham*, cité par rabenou
Ascher, au même endroit.

Ensuite les expressions *malade* et *bien portant*
employées ici, ne veulent pas dire que le premier
est alité par une indigestion et que le dernier a le
ventre libre, mais que le premier dispose de ses biens
causa mortis, et le dernier le fait *au jour de son mariage*, pensant à la noce plutôt qu'à la mort.

Dans tous les cas il s'agit ici d'une loi de Moïse,
qui n'admettait pas la liberté de tester, et qu'on peut
détourner, selon le Thalmud, en employant le mot
de *don* qu'on inscrit dans le testament ou dans la
donation entre vifs, car le Thalmud veut la liberté
entière de tester.

Page 23.— *Traduction latine du Surenhusius…*
« Si quis bona sua *verbaliter* distribuerit filiis suis
« et uni auxerit, alteri vero diminuerit, et primoge-
« nitum aliis æqualem fecerit, verba ilius rata sunt ;
« si vero dixerit *propter hereditatem*, nihil dixit… »
Or, l'adverbe *verbaliter* démontre que le *quis dis-

tribuerit est un malade, parce qu'un malade seul peut disposer verbalement.

Ainsi, on a ici deux cas : dans le deuxième cas les paroles sont nulles ; pourquoi? La mischnah l'a dit : « Si vero dixerit *propter hereditatem* », car il ne faut pas employer le mot *héritage* quand on dispose contrairement aux lois de Moïse. Dans le premier cas, les paroles sont valables ; pourquoi? Le commentateur l'a dit : « *belaschan mathanah* », il a employé le mot de *don*, mais la mischnah ne dit rien, le commentateur est obligé d'ajouter au texte ce qui y manque.

Dans la mischnah, il n'y a que le mot *verbaliter* qui n'explique pas la cause de la validité, puisque le Raschbam est obligé d'ajouter un mot qui manque. Je crois donc que le mot *verbaliter* n'est pas ici la vraie traduction du mot hébreu du texte *al piv*, composé des mots *al pi* et de la lettre *v* qui est le suffixe de la troisième personne du singulier masculin.

Que signifie *al pi?* On trouve dans la Bible *al pi haschanim hanotharoth* (*Lévitique*, XXVII, 18), « il payera *selon* les années qui restent. »

On trouve dans une mischnah : « Si un individu
« distribue ses biens *al piv*, rabbi Elazar dit : qu'il
« soit bien portant, ou qu'il soit en danger de mort,
« les immeubles s'acquièrent par le payement, ou par
« l'acte (remis à l'acquéreur), ou par la prise en pos-
« session. » (*Baba bathra*, fol. 156, recto.) (1)

____

(1) Rabbi Elazar n'admet pas la validité d'un testament, mais les autres docteurs rejettent son idée.

Dans cette mischnah, *al piv* ne peut pas se traduire *verbaliter*, mais cette expression *al pi* signifie ici, dans la mischnah comme dans la Bible, *selon*, et avec le *v* comme préfixe, *selon lui, selon ses ordres, selon sa volonté,* ce qui dans notre première mischnah est l'opposé de *propter hereditatem.* La mischnah veut donc dire : « S'il distribue les biens à ses fils,
« *en vertu de sa volonté* (c'est-à-dire qu'il n'indique
« pas à quel titre il leur fait cette distribution, ou à
« titre de *don* arbitraire), la distribution est valable ;
« mais s'il veut les leur distribuer *propter heredita-*
« *tem*, il transgresse une loi mosaïque et la distri-
« bution est nulle. »

Mais, en supposant même que la traduction *verbaliter* soit exacte, on ne pourrait pas encore en tirer les conclusions de M. Castelli. Que veut-on nous apprendre dans notre mischnah ? On veut nous apprendre uniquement que, dans une disposition concernant des héritiers qui est contraire à la loi mosaïque, il ne faut pas employer le mot *hériter* sous peine de nullité. Cela s'applique aussi bien à un testament fait *mortis causa*, qu'à une donation entre vifs, et la mischnah, pour être plus brève, ne parle pas des deux cas à la fois ; elle ne parle que du cas d'un testament, et on comprend très bien que cela s'applique à plus forte raison à une donation entre vifs ; car tout le monde, comme le dit le commentaire de notre mischnah, est libre de *donner* ses biens à qui il veut, et que, d'autre part, personne ne peut transgresser la loi mosaïque, en employant le mot *hériter*

pour une distribution contraire aux lois de succession
de Moïse.

Page 33. — *L'homme sain ne peut ni ajouter,
ni diminuer au premier-né, ni aux autres héritiers.
(Choschen mischpat, titre 281, article 5.)*

Les deux commentaires, le *meirath Enaïm* et le
Siphthé Cohen, expliquent le texte en disant qu'il
s'agit ici d'un cas où l'homme bien portant a employé
le mot *hériter*, car il est douteux si, d'après la loi
mosaïque, un homme bien portant puisse distribuer
ses biens à volonté, *sine mortis causa*. Car, d'après
Caro et d'autres docteurs, ce doute n'est pas résolu.
Cependant, d'après le rabenou *Tham*, le célèbre *Ri*
et le *Raschbam* (v. *Baba bathra*, fol. 131), ce doute
est résolu affirmativement (v. plus haut). Dans tous
les cas, et d'après tous les docteurs, l'homme bien
portant peut faire la distribution de ses biens à volonté, en employant le mot de *don.*

Page 40. — M. Castelli dit :

*L'erreur de la sentence consiste principalement
à croire, que la « cogitatio mortis » indépendante
de l'état réel du danger dans lequel se trouve le
disposant, a l'efficacité de rendre valable la domi-
nation d'un homme sain.* — Cette erreur provient
de ce qu'elle a recueilli çà et là quelques phrases
dans les textes hébreux, où l'on parle du disposant
pour cause de mort, sans tenir compte de la définition qui en a été donnée précédemment et qui limite
le disposant pour cause de mort au malade...
Cette définition et cette limitation résultent clairement

des articles 7 et 8 du titre 250 de Caro que nous rapportons :

« Art. 7. — Ce qui a été dit que la donation d'un
« malade, dans laquelle il y a un reste, ne s'acquiert
« que par le *kinjan*, c'est quand il a donné simplement
« (sans faire allusion à la mort), mais s'il dit ex-
« pressément qu'il donne *à cause de mort*, ou si sans
« le dire clairement on comprend qu'il fait le don
« pour cause de mort, la donation est acquise sans
« *kinjan*.

« Art. 8. — Celui qui se met en voyage par mer,
« celui qui a la corde au cou, celui qui va en cara-
« vane au désert, celui qui est dangereusement ma-
« lade est comme celui qui donne pour cause de
« mort, quoiqu'il ne le dise pas clairement (car le
« danger dans lequel le testateur se trouve, fait suf-
« fisamment comprendre qu'il fait les dons pour
« cause de mort, et il n'a pas besoin de le dire).

« La vraie définition du testateur pour cause de
« mort est donnée dans l'article 7, le malade qui
« en fait la déclaration explicite, ou qui le fait impli-
« citement par ses expressions. »

Singulier raisonnement ! L'article 7 dit que le
malade, dont on a parlé plus haut dans l'article 4, est
un malade qui n'a pas dit qu'il fait le don pour cause
de mort, et comme il s'agit d'une maladie non dangereuse (car pour les maladies dangereuses, on en parle
dans l'article 8), on considère le don comme une
donation entre vifs qui, comme celle d'un homme bien
portant, a besoin d'être confirmée par un *kinjan*. Ainsi

le malade dont on parle est un malade qui fait un don où rien (ni dans ses paroles, ni dans son état) ne rend évidente la *cogitatio mortis*. Je vois là une définition du *malade* dont on parle dans notre texte, mais je ne vois pas là de définition, ou de limitation, de la *cogitatio mortis*.

Au contraire, on voit dans ces articles 7 et 8 que, si le testateur se trouve en danger de mort, comme par le bourreau ou par une maladie dangereuse, il n'a pas besoin de dire qu'il donne pour cause de mort. Quand donc a-t-il besoin de dire clairement qu'il donne pour cause de mort ? C'est quand la maladie n'est pas dangereuse, qu'il n'est pas encore au lit plus de trois jours (v. article 5 du même titre), par exemple s'il a attrapé une indigestion, ou s'il a un rhume de cerveau, ou la diarrhée, ou des hémorrhoïdes, des maux de dents, etc., alors s'il parle de la cause de mort, le testament est valable sans *kinjan*.

Et M. Castelli limite sérieusement sans rire la *cogitatio mortis* par le rhume de cerveau, ou l'indigestion, ou les hémorrhoïdes ! Un homme qui digère bien, qui n'a pas d'hémorrhoïdes, et qui n'a pas de dents (par conséquent pas de maux de dents), ne peut pas faire de testament ! Si un vieillard de quatre-vingts ans veut faire un testament (et il est temps de le faire à cet âge, quoiqu'on se porte bien), il faut qu'il tâche d'attraper une indigestion qui le mettra au lit ! S'il ne peut pas attraper une indigestion,. il ne pourra pas faire de testament en secret, qu'on n'ouvre qu'après la mort ; il sera obligé de faire une donation entre vifs publiquement! Ainsi le veut M. Castelli.

Et si un homme dans la force de l'âge est atteint d'un rhume de cerveau ou d'un catarrhe qui le tient au lit, il ne pourra jamais faire une donation entre vifs, puisque M. Castelli dit à la page 10 :

« *Le droit judaïque ne connaît aucune différence*
« *essentielle entre donation entre vifs et pour cause*
« *de mort, mais seulement entre celle d'un homme*
« *sain, et celle d'un malade.* »

Tout cela est contraire au bon sens. L'erreur de M. Castelli vient de ce qu'il ne savait pas que le mot *mathanath schkib mera* est le plus souvent un *terme technique* ayant le sens de *testament fait pour cause de mort*, que le testateur ait été malade ou bien portant en écrivant son testament, et que *mathanath bari* est le *terme technique* opposé, ayant le sens de *donation entre vifs,* que le donateur soit bien portant ou malade ; tandis que M. Castelli traduit la première expression par le sens primitif des mots, par *malade*, et la dernière par *bien portant*, comme si quelqu'un voulait traduire le terme technique *protestant* par le sens primitif, un *homme qui proteste*.

Page 42. — M. Castelli est frappé lui-même de ce qu'on trouve très souvent dans les textes hébreux qu'un homme, ordonnant pour cause de mort, peut faire un testament valable sans qu'on y mette la condition qu'il soit malade ; d'où il résulte qu'un homme bien portant peut, comme un malade, faire un testament pour cause de mort. Pour prévenir cet argument, il dit :

« *Dans quel code les magistrats exigent-ils ja-*
« *mais que d'une notion juridique, définie dans un*
« *article, on repète ensuite cette définition dans*
« *tous les articles où l'on parle de la même no-*
« *tion ?... la définition donnée précédemment*
« *(titre 250, article 7)... »*

Je réplique à cette argumentation :

1) Que dans l'article 7 en question il n'y a pas de définition ni de limitation de la *cogitatio mortis*. On y dit, en substance, que lorsqu'un malade donne à quelqu'un une partie de ses biens, sans dire que c'est pour cause de mort, le don a besoin d'un *kinjan* (comme une donation entre vifs), mais s'il dit claire-ment qu'il donne *pour cause de mort*, c'est un testa-ment, et le don est valable sans *kinjan*. Il n'en résulte nullement qu'un homme bien portant ne puisse pas faire un testament pour cause de mort.

Je suppose les phrases : *un malade qui se met au lit sans qu'il ait cause de mort, ne meurt pas de la maladie; mais s'il y a cause de mort, il meurt.* Il n'en résulterait pas que la cause de mort seule ne fût pas suffisante pour faire mourir un homme bien portant.

2) Il s'agit ici d'un malade atteint d'une maladie *peu dangereuse* ; car, si la maladie est dangereuse ou si le malade est resté alité plus de trois jours, il n'a pas besoin de dire clairement qu'il donne *pour cause de mort* (titre 250, article 8).

Comment peut-on faire une différence à propos des testaments entre un homme atteint d'une maladie *sans gravité* et un homme bien portant ? Quel est donc l'homme bien portant qui n'a pas quelque maladie légère? Si un vieillard de quatre-vingt-dix ans a le bonheur de se porter très bien, faut-il l'en punir en le privant du droit de faire un testament *causa mortis*, un droit qu'on accorderait à son petit-fils, âgé de trente ans, qui aurait attrapé une indigestion, laquelle indigestion aurait amené une faiblesse générale pour trois jours (c'est là la définition de la fameuse maladie de M. Castelli)?

3) M. Castelli dit que Caro peut bien parler de la *cogitatio mortis* sans ajouter la condition de maladie, car il se rapporte à son fameux article 7, où il a dit :

« *Si la malade n'exprime pas la* « *causa mortis* »,
« *le don a besoin d'un* « *kinjan* » *(ce n'est pas un*
« *testament), mais s'il (le malade) a exprimé*
« *la* « *causa mortis* », *le testament est valable,* »

Mais le Thalmud exprime la même idée d'une toute autre manière. Il ne dit pas que c'est le malade qui prononce la *causa mortis*, mais il *oppose* le malade à celui qui exprime la *causa mortis*. Le Thalmud suppose deux cas, et il distingue entre eux.

Voici la traduction littérale du texte du Thalmud : je mets mes explications entre parenthèses :

a) « Le don d'un malade en partie (d'une partie de « ses biens) exige un *kinjan* (ce n'est pas un testa-« ment) quoiqu'il soit mort. »

b) « Un ordonnant pour cause de mort n'a pas « besoin de *kinjan*, s'il est mort; s'il guérit, il peut « l'annuler, quand même on aurait fait un *kinjan*. » (Traité *Baba bathra*, fol. 152 verso.)

Ainsi le Thalmud ne dit pas que ce soit un malade qui a prononcé la *causa mortis* ; il dit simplement *un ordonnant pour cause de mort* (*metzaveh* participe du verbe *tzivah*, ordonner). Pourquoi le Thalmud ne met-il pas la condition que le testateur *causa mortis* soit malade ? Est-ce que le Thalmud se rapportait à la prétendue définition de Caro donnée dans l'article 7 plus de mille ans après l'époque thalmudique ?

Page 42. — M. Castelli cite l'article 14, du titre 250 de Caro. On lit dans cet article : « Un ordonnant *causa mortis* peut annuler le testament quoiqu'on ait fait un *kinjan*. Certains docteurs disent que cela s'applique au cas où la *causa mortis* a été exprimée clairement par le testateur, mais que si le testateur n'a pas exprimé la *causa mortis* d'une manière précise, sa loi (*dino*) est comme celle d'un malade (*Ki-schkib mera* dont parle la mischnah). »

Ce que le commentateur *Meirath Enaïm*, l'ami préféré de M. Castelli, explique ainsi :

« La loi de ce testateur est comme celle d'un malade, en ce sens qu'il ne peut pas annuler le don, s'il a été confirmé par un *kinjan*. »

Ici on dit que la loi du testateur est comme celle d'un malade ; par conséquent le testateur n'est pas malade, et s'il prononce clairement la *causa mortis*, le testament est valable après sa mort.

M. Castelli rappelle ici encore sa fameuse définition de l'article 7, mais j'ai dit qu'il n'y a pas là de définition, ni de limitation de la *cogitatio mortis*.

Page 46. — M. Castelli cite l'article 2 du titre 251

de Caro qui dit que *dans le cas où l'on ne sait pas si le testateur qui a fait un testament pendant sa maladie est mort par cette maladie, ou s'il a été guéri de cette maladie et s'il est mort plus tard d'une autre maladie, le légataire doit apporter des preuves qu'il est mort de la maladie pendant laquelle il a fait le testament.* Et M. Castelli en conclut qu'on ne peut faire de testament que quand on est malade !

Cette conclusion n'est pas exacte. Le Thalmud compare l'homme atteint d'une maladie grave à celui qui est condamné à mort et qui a la corde au cou. Eh bien, si un condamné fait un testament *causa mortis*, et qu'il soit gracié, le testament est nul ; et si plus tard, dans quarante ans, il est de nouveau condamné, il est évident que le légataire ne peut pas se prévaloir d'un testament fait à la suite de la première condamnation dans des circonstances qui ont évidemment changé dans l'espace de quarante ans.

Il en est de même des maladies.

Page 52. — *To'is les écrivains de consultations… sont des auteurs consultants, et rien de plus. Leurs écrits valent comme autant de vœux exprimés dans autant de cas singuliers, mais ils n'ont aucune valeur décisive.*

Ceci n'est pas exact ; au contraire, tous les écrivains de consultations appelées *theschoubotth*, écrites en langue hébraïque, sont consultés par tous les rabbins de la vaste Russie, et de l'Asie, et de l'Afrique, lesquels rabbins chargés de l'application de la législation du Thalmud ignorent complètement ce qui a été écrit sur la législation par Mendelsohn en langue allemande, quoiqu'ils le connaissent comme grand philosophe, grand exégète, grand réformateur, etc. Les juges en Israël ne consultent que les ouvrages écrits en hébreu. C'est ainsi que les ouvrages de Maïmonide qui avaient une autorité ont été traduits de l'arabe en hébreu ; ceux de Mendelsohn, qu'aucun juge ne consultait, n'ont jamais été traduits de l'allemand en hébreu.

Les écrivains de consultations ont d'autant plus d'autorité, qu'ils renferment des décisions pour les faits qui se sont présentés et qui ont établi un précédent juridique, quoique non obligatoire, si elle est contraire au Thalmud.

Page 58. — M. Castelli cite la note d'Isserlès du titre 257, article 7 : *Un homme sain qui veut partager son avoir après la mort, pour qu'après lui ses héritiers ne se disputent pas, et qui veut faire une disposition testamentaire pendant qu'il est bien portant, doit faire acquérir avec le kinjan*, et il conclut qu'un homme bien portant ne peut pas faire de testament.

Je n'admets pas cette conclusion. Chaque titre du rabbin Caro porte une inscription qui indique ce dont le titre va traiter. Il n'y a jamais dans aucun des titres de Caro ce qui n'est pas dans son inscription. Or, ici il s'agit du titre 257, dont l'inscription porte :

« Donnant par écrit ses biens au fils ou à un étran-
« ger *dès aujourd'hui et pour après la mort*, et la

« donation d'un homme bien portant où il est écrit
« *dès aujourd'hui* et pour après la mort », et ce titre
renferme sept articles.

L'expression *dès aujourd'hui et pour après la
mort* est essentielle ; tous les sept articles du titre ne
doivent traiter que d'une donation qui renferme cette
expression. Il s'agit donc dans tous les sept articles de
ce titre des donations que le donataire acquiert *du
vivant* du donateur, du jour de la date de l'acte de la
donation, et non pas des testaments où les légataires
ne peuvent devenir acquéreurs des biens qu'après la
mort du testateur.

Or, il y a des personnes qui craignent qu'un
testament ordinaire qu'on n'ouvre qu'après la mort
du testateur, et qui surprend tous les légataires et
les héritiers, ne soit pas suffisant pour prévenir des
disputes entre eux. C'est en effet ce qui arrive très
souvent, au grand profit des avocats et des avoués.
Ces personnes préfèrent établir la distribution de
leur vivant, en écrivant dans l'acte *dès aujourd'hui*
et pour en jouir après la mort. De cette manière, les
légataires et les héritiers sauront tout de suite ce
qui les attend ; et, s'ils veulent se disputer entre eux,
le donateur est là pour leur donner toutes les explications possibles, ou pour apaiser leurs querelles en
leur imposant son autorité. C'est pour ce cas qu'Isserles dit qu'il faut qu'on pratique la cérémonie du
kinjan entre le donateur et chacun des légataires
et héritiers. Cela explique l'existence d'une phrase,
qui, d'après M. Castelli, serait une répétition inutile.

En effet, le passage d'Isserles porte : « Un homme « sain qui veut partager son avoir après la mort, pour « qu'après lui les héritiers ne se disputent pas, *et qui* « *veut faire un arrangement d'ordonnances* (c'est la « traduction littérale de *Seder Tzavaah*) *pendant* « *qu'il est bien portant*, doit faire acquérir par « le kinjan. »

On voit que, d'après M. Castelli, la phrase soulignée : « *et qui veut faire un arrangement d'ordon-* « *nances pendant qu'il est bien portant* » est une répétition inutile de la première phrase : « *Un homme sain qui veut partager son avoir* », etc.

D'après mon interprétation la première phrase indique que le donateur est un homme *sain*, et la deuxième phrase indique que cet homme sain ne veut pas faire un testament pour que les légataires ne deviennent acquéreurs des biens qu'après la mort, mais qu'il veut faire une donation entre vifs pour que les légataires deviennent acquéreurs de son vivant, et qu'ils ne connaissent chacun la part qui lui appartient qu'après la mort; car le donateur veut en jouir lui-même tant qu'il vivra. C'est dans ce cas qu'Isserles veut qu'on confirme l'acte par un *kinjan*. C'est aussi dans ce cas où chaque légataire connaît sa part qu'il peut faire un *kinjan* avec le donateur, tandis que le *kinjan* est impossible dans les testaments qu'on n'ouvre qu'après la mort. Comment le testateur ferait-il un *kinjan* avec tous les légataires, si ceux-ci ignorent s'ils sont légataires, et quelle est leur part ?

Page 62. — M. Castelli cite le titre 250, article 25 : « *Quand quelqu'un meurt, et qu'on trouve un acte de donation placé sous sa cuisse,..... il n'a aucune valeur, car on soupçonne qu'il l'a écrit et qu'il s'est repenti. S'il l'a remis à un autre, que ce soit à un héritier ou à un individu qui n'est pas héritier, toutes les choses qu'il contient sont valables, comme toutes les donations d'un malade... Il existe donc une loi prohibitive du testament olographe sans consignation.*

Je donnerai ma réplique tout à l'heure après avoir cité l'objection de M. Castelli tirée du secret du testament.

Page 64. — *Il y a*, dit M. Castelli, *en outre dans le droit hébraïque une autre loi prohibitive de la donation secrète, dont on ne fait exception que pour le malade qui désire tenir ses dispositions cachées jusqu'à la mort. Ainsi, on lit dans Caro, titre 242, article 3...*

1) Je réponds d'abord à l'objection du secret. De deux choses l'une : l'acte sur lequel nous discutons est-il un testament *causa mortis*, ou une donation entre vifs *sine cogitatione mortis?* il n'y a pas de troisième cas.

S'il est une donation entre vifs *sine cogitatione mortis*, il est nul sans *kinjan*, et il est inutile d'invoquer des objections tirées du secret, etc. S'il est un testament *causa mortis*, et j'ai prouvé plus haut qu'il l'est réellement, il peut être fait en secret. Cela résulte des passages cités par M. Castelli lui-

même, et, entre autres, de Caro, qui dit expressément:
« que le testament peut être fait secrètement pour
« qu'il ne soit connu qu'après la mort. » (*Choschen
mischpat*, titre 242, article 6.)

2) Si un testament peut être fait en secret, il est
évident qu'on peut faire un *olographe*, qui est le seul
moyen de le faire en secret, pour que personne ne le
connaisse avant la mort du testateur.

3) Examinons maintenant le passage de Caro du
titre 250, article 25, où il est dit que, si on trouve un
acte de donation sur un cadavre, il est nul, car il est
possible que le donateur l'a écrit et qu'il s'est repenti.
Ce passage est la reproduction du Thalmud, où le
motif de la nullité est beaucoup mieux expliqué. En
effet, il est impossible d'admettre qu'un testament
trouvé après la mort puisse être annulé par la crainte
du repentir. Autrement il n'y aurait pas de testament
valable au monde, puisque le testateur peut toujours,
par un testament postérieur, annuler le testament
antérieur, quand même l'antérieur aurait été remis
au légataire par le testateur lui-même, et confirmé
selon toutes les formalités légales.

(Voir traité *Baba bathra*, folio 152, verso. Voir
aussi le commentaire du Raschbam, du Thossephoth,
article *Khathab*, et du rabenou Ascher en cet endroit.)

Le testateur n'a pas même besoin d'un nouveau
testament pour annuler l'ancien; il peut l'annuler par
des paroles prononcées devant témoins. Ce n'est donc
pas la simple crainte du repentir qui peut rendre nul
un testament fait *causa mortis*; il faut que le repentir

soit légalement constaté par un nouveau testament, ou par les paroles prononcées devant témoins.

Mais, dans notre passage, il s'agit d'un cas où l'on trouve un acte sur le cadavre, et où l'on ne connaît pas les circonstances dans lesquelles on l'a fait ni pourquoi il est resté sur le mort.

Est-ce que le donateur voulait faire un testament en secret qu'on ne trouvât qu'après sa mort ? C'est bien possible, mais peu probable, car, dans ce cas, il aurait prévenu quelqu'un pour qu'on cherchât après sa mort son testament, autrement il risquait de se perdre. Cependant il est possible qu'il ne pensait pas à cette précaution, ou qu'il n'a pas trouvé une personne de confiance pour l'avertir qu'il y a un testament; mais il est bien plus probable, ou du moins il est aussi possible, que l'acte était destiné à être remis au légataire, et que le donateur le gardait chez lui pour avoir le temps de réfléchir et de le modifier, ou peut-être de l'annuler, selon les circonstances, avant de le remettre au donataire. C'était une espèce d'écrit préparatoire, un *brouillon*, qu'il devrait mettre au net, modifié ou non. Dans ce cas, le donateur voulait bien que la donation ne fût définitivement acquise au donataire que quand il recevra enfin l'acte en mains. Malheureusement la mort l'a surpris, et le donataire ne peut pas faire l'acquit en recevant l'acte, peut-être un *brouillon*, après la mort du donateur,

C'est ce que dit clairement le commentaire du Raschbam.

C'est ce que fait comprendre dans cet endroit le texte thalmudique lui-même, qui compare notre cas à celui de rabbi Johanan qui dit que, si un testateur dit aux assistants : « Ecrivez pour tel ou tel individu 100 denars sur mon compte », et s'il est mort, on ne l'écrit pas après sa mort; car le testateur, sachant qu'il n'a pas besoin de faire écrire sa volonté, et que sa parole suffit pour faire donner à l'individu après sa mort les 100 denars, a peut-être voulu qu'on l'écrive pour qu'on lui laisse l'écrit afin qu'il ait le temps de réfléchir et de le modifier, ou de l'annuler, et que l'individu ne fasse l'acquisition définitive de l'argent que par la réception de cet écrit; si donc il est mort avant cette réception, on ne peut pas faire une acquisition par la réception d'un écrit après la mort de l'écrivain.

Voilà le véritable motif de la nullité du don. En effet, si le donateur fit clairement comprendre qu'il veut faire un cadeau définitif, et qu'il demande de l'écrire pour que le don soit plus assuré, on peut écrire après la mort, et l'acte est valable. (*Ibidem*, folio 135, verso.)

Le motif de nullité n'existe pas dans notre cas, où le testateur *causa mortis*, a voulu faire évidemment un testament définitif en secret pour qu'on ne l'ouvrît qu'après sa mort, et il en a fait cinq copies pour en assurer l'exécution. On ne fait pas cinq copies adressées à cinq individus d'un simple *brouillon*, ou d'un écrit préparatoire.

Enfin, je dirai à M. Castelli ce qu'un professeur

illustre a dit à l'auteur d'un nouveau commentaire des proverbes de Salomon. Cet auteur apporta son manuscrit au professeur, pour que celui-ci l'examinât très sérieusement et lui dît son opinion sur l'ouvrage. Le professeur prit le manuscrit, l'examina d'un bout à l'autre, et finit par le renvoyer à l'auteur, en l'accompagnant d'une lettre d'excuse de ce qu'il lui a été impossible de partager ses opinions.

L'auteur vint pour demander quelles sont les objections que le professeur pourrait faire contre les idées développées dans son manuscrit, et s'il a péché contre les règles de la grammaire, ou celle de l'exégèse, etc. Le professeur répondit : Je sais que vous êtes un excellent grammairien, un bon exégète, mais il est inutile d'examiner vos nouveaux commentaires au point de vue philologique; il suffit de savoir que le grand Salomon, le plus sage de tous les savants de la terre, n'a jamais pu concevoir les idées absurdes que vous lui attribuez.

Moi aussi, je ne peux pas admettre les interprétations de M. Castelli qui attribuent à nos docteurs du Thalmud des idées qu'aucun homme sensé ne peut admettre, à savoir qu'un vieillard de quatre-vingts ans ne puisse pas faire un testament et qu'il soit obligé d'attendre qu'il devienne malade. C'est absurde et contraire à l'esprit thalmudique, qui a adopté le principe qu'il faut exécuter les paroles du défunt qu'il a prononcées même étant bien portant.

CONCLUSIONS

1) Un homme bien portant peut faire un testament *causa mortis* comme un malade.

Car il est absurde de dire qu'un homme âgé de cent dix ans ne peut pas faire un testament, parce qu'il est bien portant, et que son arrière-petit-fils âgé de vingt ans peut faire un testament quand il est affaibli et alité depuis trois jours par suite d'une indigestion, ce qui arrive souvent à un gamin de vingt ans.

2) Que la distinction entre l'expression *donner*, et le mot *hériter*, en d'autres termes la décision qui défend d'appliquer dans un testament le mot *hériter* à un étranger qui n'est pas héritier légitime, et qui n'admet que le mot *donner* pour l'étranger, a pour but unique de tourner la loi de Moïse qui voulait que chaque terrain revînt à son propriétaire primitif, ou à ses héritiers légitimes ; et comme la loi de Moïse ne parle que des immeubles, il n'y a aucun motif de faire une différence entre le mot *donner* et le mot *hériter*, quand il s'agit des meubles.

3) Que, même pour les immeubles, il suffit qu'il y ait dans le même acte le mot *don* pour permettre la liberté de tester, quoique dans le même acte se trouve aussi le mot *hériter*.

Qu'enfin, selon le droit thalmudique, un testament olographe sans consignation et sans publicité est valable, sans quoi l'on ne pourrait jamais faire un testament en secret pour qu'il ne fût ouvert qu'après la mort du testateur, ce qui se pratique chez toutes les nations du monde, et selon toutes les législations des peuples civilisés, et aussi selon la législation du Thalmud.

Paris. mars 1884.

Dr I. M. RABBINOWICZ,

63, rue de Seine.

Paris-Imp. PAI . . . . 41, rue Jean-Jacques-Rousseau. 812. 1 84